# I CANTI DEL PRIGIONIERO E ALTRE LIRICHE

## ALESSANDRO GIRIBALDI

*Volgiti, spirto affaticato, omai*

*Volgiti, e vedi dove sei trascorso,*

*Del desio folle seguitando il corso,*

*E col pié nella fossa ti vedrai.*

*(Boccaccio)*


*Forse perché d'altrui pietà mi vegna,*

*Perché dell'altrui colpe più non rida*

*Nel mio proprio valor, senz'altra guida*

*Caduta è l'alma che fu già sì degna.*

*(Michelangelo)*

AL POETA PIERANGELO BARATONO
CHE DIMENTICO DI SE ED ALTRUI
INSEGUE CHIMERE
SU LE SPONDE DEL LAGO SIRIO

Io caddi, amico. Forse un dì lontano,
prima che morte il passo mi contenda,
a te verrò, strappata ogni altra benda,
col mio rosario e col mio cuore in mano.
Ed ogni cosa adagerò pian piano
sovra le tue ginocchia, onde tu apprenda
che sia la vita; e come invan si spenda
amor, se la gramigna ha vinto il grano.
Ma tu – se alfine l'ideal soccorre
al tuo pensier che frange in riva al Sirio,
e se di verità bella sei vago –
tu, del passato nella fosca torre,
gli antichi sogni del tuo van delirio
serra; e le chiavi affonda in mezzo al lago.

RINTOCCHI

Melanconico squillo di campana

che inviti alla preghiera

gli spirti solitari,

quanta dolcezza nell'aria diffondi!

Come nuova mi giunge, come strana

in questa mite sera,

tra canti umili e cari,

la nenia ch'entro un mar d'anime affondi!

Nell'intervallo ch'ogni nota spiana

sento – mentre si annera

l'ombra e si alluman fari –

di mille cuor' i palpiti profondi.

L'eco disperde, vicina e lontana,

l'agil su la riviera

tintinno e sopra i mari.

Io n'ascolto gli accenti moribondi,

ed al mònito penso d'un'arcana

voce di nume, austera,

che sgorga dagli altari

del ciel: che viene da lontani mondi.

## SCIAME DI LUCCIOLE

Da qual fantasmagorico paese

tornate sopra il vento e sopra l'ale

– se non tornate voi da un funerale –

con le fiaccole accese?

Silenzïose, in lunga teoria

– come vergini brune

in man recanti briciole di lune –

per le finestre dell'infermeria

io vi guardo salir nel cielo estivo

dall'orto di quest'umida prigione;

e vi segue da lungi una canzone

che il canto pare d'un sepolto vivo.

Quanti sepolti vivi! Quanti morti

al susurro degli alberi e del mare!

Qui tutto il mondo che si amò dispare...

Il mondo che si amò, ricco di porti

luminosi, ci serba, in fosca duna,

un porto qui, nell'ombra cupa e folta,

e solo – gran mercé! – sol qualche volta

voi ci apparite, briciole di luna.

Oh! quand'ero fanciullo e m'era occulto

ciò che il destino rovesciato avrebbe

sul capo al sognator, che puro crebbe

nella fiamma de' canti, a un puro culto,

io vi seguiva, co' miei voti, spesso,

io vagabondo in qualche molle prato

sotto il cielo stellato;

e non mi sembravate come adesso

una funerea compagnia di larve,

lucciole pellegrine!

Ora i castelli antichi son ruine

e tutto il mondo che si amò disparve.

Oh, quand'eri fanciullo, che fuggivi

di casa per cercar sotto gli ulivi

piccoli fiori che pareano vivi,

con le pupille aperte verso te!

Allora un sogno ti bastava; un puro

sogno d'amore ti facea sicuro,

e i fior' gittavi da un cadente muro

a una bionda regina, bruno re.

Oh, quand'eri fanciullo! E già cantavi,

già, La melanconia di Pindemonte,

presso le bimbe che attingeano al fonte,

mentre alle brocche lor ti dissetavi!

Sapevi tu cos'è melanconia?...

Guarda qui dentro; guardati dintorno.

Qui c'è la notte, cui non segue giorno;

qui c'è qualcosa che non sai che sia;

c'è la melanconia! – ma non di quella

che tu rimavi nella gioventù,

non è sua madre, non è sua sorella,

non è sua figlia; e c'è la morte in più.

Sì, c'è la morte che non muore mai,

che ti tiene sospeso pei capelli,

che ti dice: non vai?,

e ti arresta, se vai, dietro i cancelli:

dietro i cancelli, come in una gabbia,

quasi una belva, e ti macera e sferza,

e ti deride e t'imbeve di rabbia!

È una morte che scherza!

Ma che sapevi di melanconia

allora? Sì; la cantano i poeti

e la cantavi tu fra gli uliveti,

e spesso «la mettevi in poesia»!

Più tardi, ancor lanciavi, ancor, tue rime

pallide, al vento; come, non lo sai;

pure, a cantar, montavi sulle cime,

ma ne' tuoi versi il cuor non c'era mai.

Cantavi a freddo, come i barbagianni:

oh, peggio! – peggio ancora!

Cantavi – ma per chi? perché? – di affanni

che non sentivi. E splendeva l'aurora.

Facevi come quelli

che stillano il cervello sulla carta,

e la vita, il gran libro!, han tra i libelli,

«ch'uno lo fugge e l'altro lo coarta».

Guarda, guarda qui dentro, a te dintorno,

su que' letti ove stanno i tuoi consorti

sciagurati... E cantavi i sogni morti,

nella gloria del sole, a mezzogiorno!

Codesto far si può quando la strada

è cosparsa di rose,

ma quando più non c'è desio che vada

su l'ali della vita luminose,

non si canta, si piange! Non si fanno

giuochi di rime quando in petto v'ha

l'angoscia, quando in petto v'ha l'affanno;

ma s'urla, ovver si prega: Dio, pietà!

Non si gemono qui miserie vane,

come allor che spremea lacrime il vino;

non riscalda qui dentro il sol divino

le fredde rime e le tristezze umane;

qui dentro c'è l'oscurità perenne

nell'aria e in fondo ai cuori;

e son gioie i dolori

quando levan del pianto in su le penne.

Il pianto! – sacro augello

che il nido fa ne' cuori sanguinanti

ma non anco perduti! Cuori amanti

che pur del Male appresero il suggello!

Ed il Male, ricòrdati è il più forte;

il più forte di tutti!

Cova ruine e lutti

e non si vede; sta dietro le porte

di tutti – fosco vigile – in agguato...

Ma dove son le lucciole? – Che pianto!

Qualcuno muore nella cella accanto?

Qualcuno invoca Dio, cuore malato!

Prega per lui, se puoi;

prega onde possa vincere il suo fato;

ché Morte non lo vuole, e gli sta allato

per allettarlo; come alletta noi...

AD UN PICCOLO CANTORE


O variopinto augello, che ti posi

da tre mattine su la mia finestra,

cantando, come il tuo vagar ti addestra,

inni di sole un poco sospirosi,

ed al mio cuore apprendi i sensi ascosi

di tua vita, che ordì l'aura silvestra,

per quella musa che ti fu maestra

insegnami a cantar canti pietosi.

Potessi anch'io covrir della mia voce

il pianto: che mi sta sempre vicino!

Quando mi lasci tu, vedo repente

stendersi l'ombra immane d'una croce

su questa ria prigione, ove il destino

m'ha seppellito inesorabilmente.

## TELA DI RAGNO

Tela di ragno, a chi tendi l'agguato

senza il tuo Re?

Egli t'ha disertato,

forte di sé.

Quando fu mai che un Re lasciò cantando

la sua città,

lontan, lontan cercando

la libertà?

Se non cantava il tuo, ché un ragno egli era,

vedea però

di fuor la Primavera,

e ti lasciò.

Ben tu somigli al folle pensier mio

che amore ordì;

questi è partito, ed io

sol resto, qui.

E tendo invan l'agguato a mosche d'oro

come fai tu!

Amor fuggì con loro:

né torna più...

TORMENTO

I

Insonne vipistrello che ti aggiri

davanti questa lugubre inferrata,

nell'ora d'ombre vane tenebrata,

in cui per me s'addoppiano i martiri,

vuoi tu spiar s'io pianga o s'io deliri?

O stimi giunto il fin di mia giornata

e vuoi ghermire l'anima cruciata?

O deliziarti vuoi de' miei sospiri?

Forse tu sei di qualche mal concetto

spirto, l'immonda veste funerale;

forse tu sei di Morte il reo valletto.

Entra qui dunque, e succhiami dal petto

il sangue che nudrì l'alto ideale

di gloria e di grandezza, o maledetto!

II.

O maledetto insonne vipistrello,

della tenebra figlio e dell'orrore,

se tu guardar potessi entro il mio cuore,

se potessi guardar nel mio cervello,

vi troveresti un lago di squallore

dietro una porta chiusa, ed un suggello

ribadito con ferreo martello

che infrangere non sa gioia o dolore;

vi troveresti il regno tuo: l'abisso;

l'oscurità perenne, cui non schiara

luce di sole, scintillio di stelle;

e su la porta il mio destino affisso;

e sui gradini Morte, che prepara

lentamente una bara e un sogno svelle.

III.

Disvelle, s'anco più – fier – non si aderge,

Morte, di larve pallide vestita,

il sogno della mia povera vita,

grande come il destin che lo sommerge.

Morte, dalla mia fronte non deterge

l'anima (né risana altra ferita)

ma di venen l'imbeve e d'infinita

melanconia, tentandola, l'asperge.

Morte, che si compiace di cantare

sua funebre canzon dietro la porta,

eco fa d'un cachinno al mio pregare.

Morte che sta del cuor sovra l'altare,

che mi segue per via come una scorta,

del suo regno mi vieta il limitare.

LE MOSCHE

Oh le mosche! Non sanno di essere vive, eppure

fan come fanno gli uomini: si tormentan fra loro!

S'amano un poco al sole; bevono un raggio d'oro,

nel sole; ma più godono di mille cose impure.

Oh le mosche! le mosche! Che folli creature!

Non han discernimento e non hanno decoro;

su i fiori e su le piaghe fan lo stesso lavoro;

per le cagne e le dame hanno le stesse cure.

Ma qui dentro, nel carcere, divengono importune;

qui t'insozzano il pane, minuscole arpie brune;

ti punzecchiano, e pare si ridano di te.

Par ti dicano: siamo le padrone del mondo;

voliamo da una culla sul capo a un moribondo,

da una sala anatomica alla mensa del re!

IL CASTELLO MACKENZIE

NELLA NOTTE DEL 30 MAGGIO 1904


Finalmente un pò di vita

l'ombre morte ha dissipato.

Un castello illuminato

nella tenebra infinita!

Non lo scorgo tutto, tutto,

ma dal piccolo forame

lo indovino ben costrutto

nella torre snella e ardita.

Non pensava il castellano

che tant'occhi dolorosi

lo guardassero dal vano

d'una piccola finestra!

C'è chi sogna di lontano

o signore avventurato.

C'è chi sogna anche dal vano

d'una piccola finestra!

Un castello illuminato!

Che ne dite o miei fratelli?

Non ne avete voi, castelli?

Non ne avete mai sognato?

Com'è bello... Per brev'ora

quest'orror dimentichiamo.

Non vediamo mai l'aurora,

ma un castello lo vediamo!

Se di giorno il sol lo vieta,

lo vediamo almen di notte.

– Per noi, troppo il sole è vivo:

seppelliti come in grotte!

Non vediamo mai l'aurora

né mai sorgere la luna.

E da un buco il sol ci irride...

Ma un castello è una fortuna!

Un castello è una fortuna

anche quando è assai lontano;

e ci fa scordar la luna...

Lo pensava il castellano?

Quel signor sia benedetto,

tra le gioie senza fine!

Noi, seduti qui sul letto,

contempliamo le stelline

che coronano la torre;

e diciamo: la fortuna

è una ruota che non corre:

va più lenta della luna.

La fortuna è cieca, forse.

Per noi sì! Né val sbendarla.

Cieca e lenta... Ahi quanto corse

se tentammo di fermarla!

Spesse volte illuminammo

i castelli del pensiero.

Poi così li diroccammo

per colmarne un cimitero...

Oh le fosse non mai colme!

Giù castelli, giù castelli!

Son voragini, i pensieri,

più profonde degli avelli.

Ma di avelli or che ne importa?

D'altri canti or c'è bisogno.

Quel che splende non è un sogno!

(... Pure, un sogno fa da scorta

nell'aereo cammino

che il pensiero già percorre,

verso quella bruna torre

liberata al ciel turchino.

Bieco sogno; che non dico...)

C'è lassù molta allegrezza

di cui nostra giovinezza

gode un pò – come un mendico...

C'è lassù quel che vorrei

fosse ovunque su la terra:

c'è la pace. Qui la guerra

strugge i cuor', fratelli miei.

Com'è bello... V'ha un festino

per battesimo o per nozze?

Qui nel carcere il destino

fa il corredo ad altre nozze!

Ma che importa? Se alcun gode

suo goder non ci molesta;

per noi pure è quella festa

che sembrar vi può una frode.

INCUBO

Picchia... picchia!... Di là
c'è il sole; perché vuoi scender nel fosso
pieno d'oscurità?
Picchia... picchia!... Non sai
che la porta è di ferro e ch'io non posso
aprirla mai, giammai?
Vuoi tu scender quaggiù,
nel sepolcro dei vivi, o folle amante?
Ah, non insister più!
Va lunge... Ma chi sei?
La vita, c'ho lasciato a un'ombra errante
con tutti i sogni miei?
Sei la pietà, che uscì
dai cuori umani? O sei tu la vendetta
che giunge fino qui?
Picchia, picchia... se vuoi.
È di ferro la porta, e non v'è accetta
che la spezzi... Ma tu forse lo puoi!
Lo puoi? Lo puoi?... Perché
ti affatichi così, così, per noi,
ti affatichi per me?
Hai parlato? Hai tu detto:
io vengo a soffocarti, a soffocarti
proprio qui, nel tuo letto?
Oibò! Che pensi? Oibò!
Io vengo a liberarti.
Sono la Morte... la Morte lo può.

PER UN PRIGIONIERO SUICIDA

Pietà quale sorella – e buona e pura –
protegga il tuo giaciglio,
o del male fatal misero figlio
e di sventura.
E pianga quel che gli uomini non sanno
pianger verace pianto;
pianga per te, per quelli cui fu vanto
darti all'affanno;
pianga pe' tuoi compagni dissennati,
che imbelli nel soffrire
prepongono tra' vortici sparire
di oscuri fati;
pianga per l'innocente, cui travolge
la marea della colpa,
e d'ogni affetto nell'orror si spolpa
di queste bolge;
pianga pe 'l giusto che del fango nega
la miseria fatale,
ed immune proclama sé dal male
che tutti lega.
Peccatori, con libre van fra' rei
quei che te – peccatore –
giudicarono; ond'io t'offro il mio cuore
nei versi miei.
O chiunque tu sia, povero morto,
giustizier di te stesso,
con brune vele da per te commesso
al negro porto,
figlio della sventura o del delitto,

ma della terra figlio,

sacro mi sei per questo duro esiglio

ov'io tragitto,

sacro mi sei come il dolore umano,

come ogni folle, come

coloro che ti trasser delle chiome

nel reo pantano.

Tu certo perdonasti a lor, morendo,

non essi a te; sì, duri,

chiedeanti vivo pe' supplizi oscuri

ch'io bene apprendo.

. . . . . . . . . . . . . . . . . . . . . . . . .

Ma chiunque tu sia, figlio del male

o dell'umano errore,

o di necessità, povero cuore,

ben io so quale

disperazion ti vinse, onde la sorte

accelerasti; ed ora

sacro mi sei per la fatal signora

nostra, la Morte!

INVOCAZIONE DI UN PRIGIONIERO ALLA
STELLA ESPERO


I

Oh benedetta! oh sacra al dolor mio

lucentissima stella,

che dal breve pertugio

di questa, ov'io col Pianto mi rifugio,

squallida e nuda cella

– come pupilla di benigno iddio,

vegliante su la terra e sovra il mare –

guardo nel ciel brillare!


II

Regna il mondo, in quest'ora,

alto silenzio, trepida quiete;

silenzio paüroso,

come al gravar d'infäuste comete.

Questa pace fatal lo spirto accora:

lo spirto che paventa la procella

del dì venturo. Ond'io, qual cera smorto,

con ansia lagrimosa,

con trepida favella,

t'invoco sul mio gelido sconforto,

lucentissima stella.

Oh benedetta, per tue luci care,

pupilla luminosa

che vegli, senza posa,

degli uomini l'ansare

e il torbido sognare!

III

Un'ombra passa, d'indistinte forme

su la terra che dorme;

batte, s'avventa rapida, com'ala,

su le pareti – gelide di calce:

fantasima deforme,

ombra di spetro enorme

ch'agita l'ombra d'una grande falce.

Sentor di tomba l'umid'orto esala,

che circonda quest'erma

casa di gente inferma.

Oh fosse, il vago raggio tuo, la scala

magnifica, d'argento,

che noi potesse trarre a salvamento!

Ma tu, benigna stella,

tu puoi nostre miserie confortare,

tu puoi con la tua vivida fiammella,

forse, le cieche menti stenebrare.

Convien però ch'a te, mondo, s'affidi,

e a quello che tu annidi

sogno d'Amor, di Fede e di Speranza,

l'animo già vicino a disperare.


IV

Ed io su' nostri danni

t'invoco – con novissima esultanza –

per la vana Speranza:

tumulata nel cuor già son molt'anni;

e per la Fede e i benedetti inganni

della mia prima età: ch'è rimembranza;

e per l'Amor t'invoco, che sua stanza

un giorno pose ne' miei dolci affanni;

per la Speranza e l'Amore e la Fede,

di che son spente in me le bianche tede,

bianca stella t'invoco!

Or tu, se nutre incorruttibil fuoco

tua benedetta lampa

(il qual – siccome nel tuo cielo avvampa –

di mistica pietà soffuso appare)

o fontana di perle, tu mi scampa

dal mio vertiginoso inabissare;

sorreggi tu, nel suo fatale andare,

il mio pensier ch'uscì del buon cammino;

tu, dalle eccelse, invisibili torri,

con l'ambrosia del calice divino

al mio languir soccorri;

tu sopra il mio destino

il ciel disgombra e fermati a pregare;

e la mia notte cangia in bel mattino,

e in perle muta mie lacrime amare.


V

Quando sarò nella tua pura luce

finalmente risorto,

o quando sarà morto,

e prenderò la via che a te conduce,

rivivendo più bella

vita nel tuo splendor, benigna stella,

le mie lacrime calde io vorrò berle;

ché mi fecero degno

del tuo celeste regno

o fontana di perle!

Più ancor – se prima che dal limbo Morte

abbatta le sue squadre alle mie porte –

più ancor felice se potrò cantare,

con rinnovata cetra la tua gloria,

ed una mia vittoria,

ed il poema delle notti chiare.


VI

Canzon, tu la pregasti

con sì mite parlar, sì mite idea,

quasi non fosse un astro, ma una dea.

Pur temo non sovrasti

alla speranza nuova, che ti regge,

una fatale, inesoranda legge,

la qual disdice il lievito del bene

a chi smarrì la fede.

E invero, dimmi trepida canzone,

perchè tu supplicasti,

con debole ragione,

una stella e non Dio?

Perchè tu mendicasti

– pur non credendo in te stessa – l'oblio

de' mali, ad una luce peritura?

Ahimé! non m'assicura

il tuo fervor, che nasce di desio

superbo e tremebondo.

Canzone piena d'ombre, un vano altare

eleggesti pe 'l fumido pregare

del mio spirito cieco;

il tuo pianto infecondo

soffocheranno l'ali

del vento aquilonare:

e accoglierà dal vento, in grembo all'eco,

un tenebroso speco,

un baratro profondo,

il nostro solitario delirare.

## MESSAGGIO DOLOROSO

Foglia sperduta, battuta dal vento,

qual fato vïolento or sì ti incalza?

Vien' tu di forra o balza

lontana? E lunge vai?

Veh, come l'etra è di nubi dipinta!

Simile a questa fronte, ch'arde e suda

per legge ignota e cruda!

Così tu pure: flagellata e vinta,

povera foglia nuda

da torbid'euro spinta,

il tuo destin non sai...

Se non vai morta, passa da colei

che mi fu cara, e mi credette buono.

Chiedile tu perdono

d'ogni mio fallo, sì com'io vorrei.

Poi dille i casi miei

funesti, e l'abbandono

in che mi struggo, e i lai.

Querula foglia, da' nembi cacciata,

cui danna ignota colpa a ignoto esilio,

bene a te m'assomiglio,

ché ben presso alle tue son le mie fata!

Tu cerchi invan consiglio

contro questa ventata,

com'io contro miei guai.

Però, se m'ami, dille: un fratel mio

a voi mi manda con molta temenza,

ma senza orgoglio e senza

speranza; onde per lui vi dica: addio.

(Benchè suo van disio,

pari a cupa demenza,

non poserà giammai!)

Querula foglia, che nel turbo stridi,

ben'io comprendo tuo doglioso appello!

Va, dille: un mio fratello

guardar la morte sospirando, vidi.

(Ei custodiva il Bello,

ed io vegliava i nidi...

Ma il giorno è antico, omai!)

Perché dunque ristai muta, tremante?

Ti punge qualche infäusto ricordo?

Qualche ribelle accordo

di canti, or desta un'eco singhiozzante?

Piccola foglia errante,

il cuor del Nume è sordo

per chi fu altero assai.

Superba figlia d'una quercia antica,

a intendere gorgheggi e canti nata,

ed a sognar, beata,

con l'ombre il sole e al sol la notte amica;

or, dal ramo strappata

chi ti culla e nutrica?

Or dove – ahimé – n'andrai?

Anch'io, superbo figlio del pensiero,

mi spinsi incontro al sole ed alla luna,

chiamando la fortuna,

e tentando dell'arte il magistero!

Or mi seduce un nero

spetro, e una falce bruna...

Ma tu – se m'ami – vai!

* * *

Oh cuor mio fervido e puro!

Quante volte, a un sogno scuro,

ti raccolsi, o cuore strano,

nella palma della mano,

per veder s'eri maturo!

Ma il tuo vivo sangue ardea;

ma nel sole diffondea

l'ansia della gioventù.

Nel mio petto un dì, nutrito

di bellezza e d'infinito,

tu fremevi, tu balzavi,

onde i miei spiriti ignavi

io scotea con un ruggito.

E guardavo, in te, fiammare,

e sentivo, in me, pugnare

una indomita virtù.

Ne' tuoi baratri profondi

quanti amori vagabondi,

quanti sogni raccogliesti!

Sul mio cielo diffondesti

nuove luci, nuovi mondi,

quando, a nostra dilettanza,

canti pieni di speranza

mi dettavi, o cuore, tu.

Ora giaci. Non dal fuoco

tuo domato, sì dal gioco

ingannevole del fato,

e dal livido peccato

che ti uccise a poco a poco.

Tu, già ricco d'ideale,

mendicasti, inconscio, il male,

ch'or ti chiude in servitù.

Ben tu fosti puro, o cuore!

Io conobbi il tuo fervore:

che nel pianto ancor m'infiamma;

so la storia del tuo dramma

lacrimoso e il tuo dolore.

Ma pur giaci. E invan ricordo

a te, fatto muto e sordo,

quel che nostra gloria fu.

Quando, di', risorgerai,

col tuo sogno? Quando? Mai?

Ecco, alfin tu sei maturo,

cuor che fosti grande e puro;

e sei spento, e non lo sai!

Ché se interrogo ciel, onde,

fiumi: quando? – ahimé, risponde

l'eco: quando?, e il ciel: mai più!

A GIOVANNI BELLOTTI

Giovanni, credo il mio dolor più forte

della mia volontà; poiché sognai

d'una gran luce ch'io non vidi mai.

Mai, della vita su le buie porte!

Sempre col mio volere trionfai

d'ogni fantasma che tentò mia sorte;

ma questa luce, simile alla morte,

sì mi percosse, ond'io ben mi guardai.

E vidi me prostrato, la mia testa

levata a un monte, e su quel monte infitto

un segno che accendea fede e speranza.

Dimmi Giovanni – oh tu fratello! – è questa

la fine d'ogni mio spirito invitto?

O qualche ignota verità si avanza?

8 settembre 1903.

A CECCARDO ROCCATAGLIATA CECCARDI

RICEVENDO UNA SUA ELEGIA

PER IL COMPLEANNO DEL SUO BIMBO


O Ceccardo, tu canti al tuo bambino

il canto dell'amore.

Te benedetto, che nel vasto cuore

fermasti audacemente il tuo destino!

Ben di quanti incontrai nel mio cammino

te sol, te sol signore

conobbi della vita, e dell'errore

che t'addusse fidente al gran mattino;

al mattin della bella

poesia, che noi, stanchi gregarî,

sogguardammo talvolta disperando.

. . . . . . . . . . . . . . . . . . . . . . . . . . . . . .

O Ceccardo, passare con la fronte

levata al sol di maggio,

tra 'l popolo selvaggio

degli alberi che al mar cantano il monte!

E scendere con lor, di fonte in fonte,

di balza in balza, a qualche eremitaggio

perduto su la riva... Il tuo viaggio!

Io fo viaggio in riva d'Acheronte.

. . . . . . . . . . . . . . . . . . . . . . . . . . . . . .

. . . . . . . . . . . . . . . . . . . . . . . . . . . . . .

## LA TORRE DEI SOGNI

Ah, quella torre lontana lontana,

sul mare azzurro, frammezzo gli ulivi,

che il nido par d'una fata morgana

sognante i baci d'un giovine re;

ah, quella torre, poeta che scrivi,

quanti segreti racchiude per me!

La discoprimmo, rammenti?, da un colle

mentre si errava alla caccia di fiere;

a lei dintorno stendevasi molle

la terra; lunge ridevale il mar;

sopra la cima, quaranta bandiere

pareano al vento sospiri mandar.

. . . . . . . . . . . . . . . . . . . . . . . . . . . . .

. . . . . . . . . . . . . . . . . . . . . . . . . . . . .

* * *

Quando, giovine atleta,

contro me ti scagliasti,

nel tuo cuor non pensasti

che offendevi un poeta?

Non ti disse il tuo cuore:

costui non mi vuol male?

Non ti chiedesti: quale

ragione ha il mio furore?

Io non ti conosceva,

io che vivea di canti!

Io che vivo di pianti

odiarti non poteva.

E non ti offesi mai!

Tu ti avventasti a me;

ti avventasti: perché?

Perché tu non lo sai!

Tu giovine, tu forte,

tu che nutrendo un vago

sogno d'amore, pago

eri dalla tua sorte,

folle!, perché colpire,

perché atterrar volesti

un poeta, che mesti

sogni nutria, non ire?

. . . . . . . . . . . . . . . . .

. . . . . . . . . . . . . . . .

ORE MORTE

I.

Il prigioniero conta le farfalle

dalla sua gabbia, nel cortile in fiore,

e dice: passan l'ore,

passano i giorni e i mesi e gli anni: e poi?...

poi, tutto passa e passiamo anche noi,

ché grazie al ciel – si muore...

Ma passa invece accanto alla sua gabbia

un secondino, con lo sguardo fosco,

quale di fiera, che strappata al bosco,

è condannata a struggersi di rabbia

presso un armento che non può sbranare.

Il prigionier lo chiama: Signor mio,

arrestatevi un poco!

L'altro non ode e se ne va col fuoco

negli occhi. Il prigionier mormora: anch'io

ebbi negli occhi un fuoco in altri tempi,

che pareva le gote illuminare!

Ora è spento; su gli occhi, ora, c'è un velo

simile a nebbia su due laghi morti,

e sul cuore che invan spera conforti

gravano l'ombre; c'è nel cuore un gelo

che non l'uccide, ma lo vuol ghiacciare.

Povero cuore! Come gli occhi, un giorno,

te pur nutriva d'indomabil fuoco

purissimo alimento!

Or, cenere ti nutre! D'ogn'intorno

la tenebra si addensa, il lume fioco

che ardevi ancora, te lo spense il vento.

II.

Dall'inferrata che non può smurare,

il prigioniero ascolta

le rondini cantare.

Pensa: lontano è il mare...

Dice: lo vidi per l'ultima volta

quando partian le rondini.

– O rondinelle brune, i miei capelli

son diventati grigi; e i miei pensieri

son diventati grigi come quelli! –

Cantavan gli altri uccelli

molto sommessamente nei verzieri,

quando partian le rondini.

Io piangeva con loro: autunno muore;

si addensan l'ombre in cielo

e le tristezze in cuore! –

Parea che tutto velasse, il dolore,

d'un tenebroso velo,

quando partian le rondini.

. . . . . . . . . . . . . . . .

. . . . . . . . . . . . . . .

MADRIGALE ALLA LUNA

I.

Luna bianca, non vedi

come ti guardo, come

dalla finestra breve

del mio sepolcro, beve

l'anima tue rugiade?

Non vedi come finge bianche strade

popolate di cigni, il mio pensiero?,

di case bianche, avvolte nel mistero?,

di statüe lucenti,

su cui librano i venti

foglie di cimitero?


II.

Dal tuo superbo trono

non vedi alle finestre

del carcere salire

pupille, omai senza ire,

che invocano perdono?

Io ti prego, contempla,

tu che non sei mortale,

questa pallida gente

che domani morrà,

questa folla dolente

che nessun piangerà!

Io n'ho sentito alcuni

chiamarti dolcemente,

e con lor voce stanca

piangere: Luna bianca,

va da mia madre, va,

dille che penso a lei.


III.

Una sera ti vidi

scendere giù da' monti,

varcando alberi e ponti,

case d'uomini e nidi.

Entrasti nella mia

cella furtivamente;

mi blandisti la chioma

con un raggio lucente:

e mi rapisti un sogno;

e lo portasti lunge

dove il pensier non giunge,

o giunge in grembo ai sogni.

Io volli correr dietro,

incauta psiche amante,

al sogno trasvolante

sul disco tuo di vetro;

ma nella corsa folle

il mio pensier di fuoco

l'arse. Lo vidi un poco

nell'ombre scintillare,

poi tutto divampare

e disvanir nell'ombre.

Era un bel sogno – ed io

l'arsi col mio pensiero! –

un sogno di mistero,

in cui sorpresi Iddio.

## CONFIDENZE ALL'AMICO

*a Giuseppe Riosa*

Talvolta, amico, io penso

a strane fantasie,

a pallidi ricami

che disegnano i rami

nel cielo: a bizzarrie

che non hanno alcun senso.

E penso immonde fole

che un'onda pia risciacqua,

follie che di sfuggita

rispecchiano la vita,

come un bolla d'acqua

rispecchia terra e sole.

Vidi un lontano giorno

(vuoi piangere?) impiccato

un prete ad un'antenna.

Gli tremava una penna

di fagiano dorato,

lucida sul tricorno.

Questa immagine ancora

nel sogno ingigantisce,

e forse non ha senso...

Talvolta, amico, io penso

a fiammeggianti strisce

che solcano l'aurora.

Vidi, non so qual notte,

una vergine bianca,

ignuda sopra un cigno.

La rincorreano un ghigno

di satiro e una stanca

nenia di paolotte.

Tra luminosi inganni

mi passa dentro agli occhi

quel sogno; e lo ripenso;

ma forse non ha senso,

come donar balocchi

a bimbi di vent'anni,

come ad un saggio astemio

un nappo di buon vino,

o a pùberi educande

bambole venerande,

oppure ad un cretino

un libro assiro, in premio.

Ecco l'effetto allegro

di quel sogno lunatico

sul mio cervello mesto.

Imbestialir per questo

come un genio selvatico?

(Una vergine?) Oh prego!...

Ma vidi sotti i nidi,

nella stagion fiorita,

un asino ed un gatto.

Così. Come il ritratto

del nulla e della vita?

Come un sogno. – Li vidi.

E l'asino girava

un guindo, paziènte.

E l'asino era cieco.

Nessuno pianse meco

per l'asino dolente

che il maggio e i fior' sognava;

né rise, anima pia,

con me, di quella morte:

di quella vita affranta:

come l'umana pianta,

confitta ad una sorte

di perenne agonia.

Il gatto, bello e biondo,

cullava i sogni e l'ore

nel mistico nirvana.

Una voce lontana

tremava di dolore

in un salmo profondo.

Al gatto il triste canto

smagò l'estasi ignava,

non già l'eterno incanto.

L'asino cieco intanto

girava, rigirava

al ritmo di quel pianto.

E fluttüava intorno,

sul triste e sul giulivo,

un misterioso incenso

che non avevo senso,

come quel sogno vivo

in quel morente giorno.

Talvolta, amico, vedi

che strane fantasie,

che lucidi ricami

van disegnando i rami
nel ciel delle follie,
dove si dorme in piedi.
Ma forse, forse egli è
– come d'Aprile – bello
dormire ai soli incerti,
dormire ad occhi aperti
e sognare, o fratello,
il mondo che non è.

## SU L'ALBA

Stanotte – su l'alba – dormivo

una fiorita di sogni...

Un sonno leggero; e sentivo

battere su la finestra.

Chi batte? Chi batte? Sei tu?

Sei tu, mia pensosa?

Sei tu (le tue dita di rosa?)

che vieni a trovarmi quassù?

Discesi – con gli occhi nel sogno –

dal letto, cercando su i vetri

l'amore... e il tuo volto.

Non c'eri. Mi posi in ascolto.

Ancora? Chi batte? Non c'eri...

Ma c'era un verdone, sperduto

anch'esso nell'ombra. – Che cerchi?

Rispose: ti porto un saluto.

Ti porto un sospiro, da lungi,

ti porto una lacrima, un bacio.

La vidi: guardava sul mare...

diceva: non giungi, non giungi?

## BALLATETTA

Ballatetta, infiorata

di sospiri e di baci,

vola con penne audaci

al letto dell'amata!

Lasciale in sen gocciare,

in seno, tuoi sospiri,

lasciala dissetare

a tuoi baci e desiri,

ed anche, se ti alletta,

lusinga, o ballatetta,

sua vanità crucciata.

Poi dille quel ch'io taccio;

dille: tu rechi fuoco

negli occhi e in cuore ghiaccio,

e dille ancor: bel gioco

non dura molto. Poi.....

Poi dille quel che vuoi,

minuscola ballata.

Ma bada di tornare

almen con la promessa

che si lasci adorare,

come fa da se stessa

quando allo specchio affina

i vezzi di regina

e ha l'anima incantata!

LE FORMICHE

Oh qual nelle pupille stuporose

fiammar ti vidi in quel mattin di maggio,

alla soglia del tetro romitaggio,

le braccia e il seno carica di rose!

Entrasti lieve e con un gesto molle

de' tuoi fiori innondasti

il tarlato scaffale

ed il tavolo greve

e i fogli de' miei canti. Io ti guardava

con tristezza. La tua pupilla errava

nel sogno, dietro impalpabili rose.

Ma le rose del tuo seno odorante

nell'ampia scollatura e i tenui gigli

del tuo collo sottile, dal gran fascio

liberati de' fior' bianchi e vermigli,

palpitavano al sole... Ahi, lacerante

grido in quel breve incanto di un minuto!

«Le formiche!» E ridevi. «Aiuto, aiuto!»

E ridevi sgomenta. Per le trine

della fragil vestaglia,

dagli omeri e dal seno

irrompevan le industri piccoline

com'ebbre delle tue carnali rose!

«Aiuto! Aiuto!» e frugammo i segreti

del tuo pudore con dita febbrili.

Oh le strida sottili

e le risa e i divieti

delle tue mani alle mie mani audaci

e i tuoi languori trepidi e i miei baci

furtivi e le formiche

sgomente e fuggitive,

le formiche impudiche

su le tue carni vive

su le tue vive rose!

## ALLE RONDINI

47

O irrequiete su la breve gronda

che protegge d'implumi un fragil nido,

rondinelle che al nostro verde lido

recaste i sogni dell'egizia sponda

nella pupilla vivida e profonda,

e un nostalgico amor nel tenue strido;

o rondinelle irrequiete, un fido

cuore invocate, io so, che vi risponda:

un cuor, simile al mio, pien d'ombra e luce,

simile al vostro, un cuore pellegrino

che dell'egizia sponda i sogni adduce

e dell'Indo e del Gange onde alle stelle

palpitò; ma non sente! Altro cammino

batte colei ch'ei strugge, o rondinelle.

I BACI



Per tutto il male che facemmo insieme,

per tutto il bene che volemmo fare,

per quante ha fiamme il cùpido sognare,

per quante ha spine la carne che freme,

la mia tristezza – baratro lunare

che dell'angoscia tua vòrtica il seme –

a te nel verso che delira e geme,

a te ne' baci voglio consacrare.

E ancor, sul grigio turbine perenne

del pianto umano, consacrarti voglio

ne' baci il verso dalle fosche penne;

ma più che il volo delle penne audaci,

e meglio dell'inutile cordoglio,

nel verso i baci: nel reo verso i baci!

PACE AGLI AFFLITTI

Pace agli afflitti, pace a chi dispera,
a chi piange su l'urna della vita,
a chi cercò ma non trovò l'uscita
da una selva di spetri folta e nera
né per fiumi di morte trovò un guado.
Oh pace a tutti! Non a me, che vado
errando come un folle per la via
e cerco invano un cuore che non sia
cuore d'instabil donna o cuor di fiera
sotto rustica lana o fin zendado.

INVITO



Entra démone; è qui; c'è la parete

grigia, il tavolo, i libri ed i registri.

Tu che polvere e muffa somministri

e ragni e mosche, stendi la tua rete!

Anche l'anima è pronta, come un pesce

od un uccello alla rete e alla ragna;

e il corpo dietro come cane a cagna.

Entra... Ma sai, chi entra più non esce.

VARCAVA L'IMPERO DEL SOLE

51

Varcava l'impero del sole

un bel nuvolo d'oro,

trasportato dai venti

aquilonari.

Recava nel grembo un tesoro

ignoto ai viventi...

Piovevano strane parole

su i monti e su i mari.

Seguiva un'accesa coorte

di rosse, di cupide larve;

guidava, mi parve, l'Amore – mi parve,

la Morte.

Oh! – dissi a un fantasma che scese (e beveva

nell'onda di un fiume) –

Oh! – dissi – che adori in quel lume?

Rispose: in quel lume c'è l'anima di Eva!

NOTTURNO



Mar di latte. Chi piange? È troppa luna!

Chi piange, chi sospira su dal mare?

Troppa luna! Mi sembra di sognare

cadaveri tra gigli. E non v'è alcuna

pietà? Ma queste lùgubri fanfare

su ne' boschi di olivi? E un grido ed una

minaccia! E il mar di latte! Non v'è alcuna

pietà. Su l'acque navigano bare.

Oh tenebra sognata! Isole scure,

isole amiche, terre invïolate

che mai baciò la luce, isole nere!

Ora chi tesse gelide paure?

Or chi spia? Troppa luna! A me vocate

tenebre! Pensa; triste, ohimé, vedere!

AL PITTORE GIUSEPPE SACHERI

53

Le ventate, o Sacheri, che ti passano

con raffiche di dramma su le tele

e le paci lunari che distemperi,

a placarle, sul mar bello e crudele,

e il tuo mare nostalgico, che popoli

di sogni grandi tra piccole vele,

risveglian nel mio cuor stanchi fantasimi

in un rimpianto amaro come fiele;

risveglian nel mio cuore le memorie

del passato, che l'estasi deterge

– nell'attimo – di lor vecchi sconforti,

ma dall'onde, nel gelido crepuscolo,

Illusïon – che vinta ancor sommerge

irride larve d'ideali morti.

NOTTURNO DISPERATO

Meglio bruta quiete e albor di stelle

gelido e sonno immemore di vite

e freddi argenti di lune smarrite

e torpore di sensi, al cuor ribelle!

Ben io vorrei dormir lenti riposi

in questa notte, tragica, di lampi,

in questo tribolar d'alberi ai campi

e alle scogliere gemer di marosi.

C'è lividor di lampi, senza tuoni,

c'è rombo di tempesta, senza voci;

nell'urlo dei silenzii feroci

oh potessi goder lenti abbandoni...

Ma un'onda procellosa, ecco, d'ignota

musica l'ombre della notte frange

e l'ombre del mio spirito, che piange

su la più disperata e folle nota.

Chi suscita quest'eco dalla morte?

Chi diffonde quest'eco su la vita

dormente in grembo alla notte infinita?

Chi d'una tomba scardina le porte?

E sento chiavi strider nella toppa

d'un cervello che serra un cimitero,

e galoppar Walchirie nel pensiero

come il vento nei turbini galoppa.

Oh quel canto, già mai più atroce e bello,

che trema e vibra e incèndesi nell'aria!

Oh di un'anima grigia e solitaria,

a un dio vendicator, selvaggio appello!

Io ben l'ascolto e intendo – entro la danza

dei cirri – e meco il flutto e il vento rio,

onde col mio fervor trepido e il mio

grido di antica e nuova disperanza

che mi traggon dal cuor cilicî e spine,

rincorrono il tuo canto che dilegua

l'urlo di un vento che non ha mai tregua,

il singhiozzo di un mar senza confine!

PER UN POETA MORTO

Poiché la morte aspetto

ripenso ad un affetto

già dall'oblio falciato;

con te fosca pineta

ripenso ad un poeta

nel tempo naufragato.

. . . . . . . .

Sono molt'anni, e tu

non ci ricordi più

ondivaga pineta,

pure una voce (io sento:

è il rivolo d'argento)

ricorda il suo poeta.

Dov'è? Mi chiede, invano.

Io cenno con la mano

lungi dalla pineta

È morto. Più non resta

di lui che un sogno e questa

tristezza, ch'io diffondo;

onde ritorno solo

a suscitare un volo

di rondini pe 'l mondo.

Egli è sepolto in me:

dentro il mio cuore: ed è

quest'ombra che diffondo;

questa che a volte senti

passare in groppa ai venti

e che il tuo cielo ingombra;

questa che sol ti adduce

fantasmi, ombra di luce,

invisibile ombra.

## AD ATTILIA

«Tutto mi desti ed io nulla ti resi»

dicevo un giorno a te, presta al tuo danno.

Oggi ti rendo per amore affanno;

ma tu mi rassicuri: «altro non chiesi».

Son nel mio cuore due carboni accesi:

l'aspirazion rabbiosa e il disinganno.

Col sogno della vita bruceranno;

ché, né vita, né sogno io lor contesi.

Di conforto oramai non fa bisogno.

– Oltre la vita? Ed è, questo mio fuoco,

quel che all'anima dà più salde tempre? –

No. Bruceranno insiem carboni e sogno.

Poi cenere su un tremito; per poco.

Poi cenere su cenere; per sempre.